青春三行诗

你喜欢的样子我都有

U0806615

《青春》杂志社 编

南京出版传媒集团
南京出版社

图书在版编目（CIP）数据

你喜欢的样子我都有 / 《青春》杂志社编. -- 南京：南京出版社, 2025. 3. -- ISBN 978-7-5533-5279-4

Ⅰ. I227

中国国家版本馆CIP数据核字第2025E22C09号

书　　名　你喜欢的样子我都有
编　　者　《青春》杂志社
出版发行　南京出版传媒集团
　　　　　南 京 出 版 社
社　　址　南京市玄武区太平门街53号
邮　　编　210016
联系电话　025-83283873、83283864（营销）　025-83112257（编务）

策划统筹　李　樯　陆　萱　王梓薇
责任编辑　陆　萱
装帧设计　石　慧
封面插画　鸽子白了白
题　　字　王丫丫Miraitowa
责任印制　杨福彬

排　　版　南京新华丰制版有限公司
印　　刷　南京爱德印刷有限公司
开　　本　890 毫米 × 1240 毫米　1/64
印　　张　3.125
字　　数　63千
版　　次　2025年3月第 1 版
印　　次　2025年3月第 1 次印刷
书　　号　ISBN 978-7-5533-5279-4
定　　价　39.80 元

走啊
你还年轻呢
有什么不行？

目录

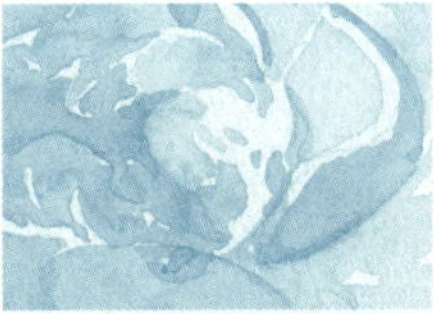

辑一

我们就在风里长大

我明白

你喜欢养花，我习惯等待
你说，不是所有事都会有结果
如果春天不来，我们就在风里长大

慕尼黑工业大学 / 蒋正豪

爱是一瞬间还是永远，为什么？

赠你

在这样的年纪，想送你我最珍贵的东西

原谅一无所有的我，翻遍全身口袋

只找到昨晚的，一枚月亮

浙大城市学院 / 耿若水

女儿

十七岁的她

说要网购一朵云

让风以最快的速度送达

河南省周口市 / 王贵金

青春

我醒来在一个朦胧喧闹的课间，
你急促地拉起我，
说要去买青春的最后一根淀粉肠。

宁夏大学 / 杨慧玉

还记得在课上陪你一起偷吃零食的人吗？

最窄的路

回去的路上，

挑了一条最窄的路，

也没能把你遇上。

浙江省嘉兴市 / 计王涛

我们总在错过中，回想那个滚烫的夏天。
很想说一句："好久不见！"

想象

在别人笑着共雪白头的时间里

我耗尽所有想象

为你的发梢别上一朵山茶花

北京语言大学 / 隐

与你有关

北川河的春天那么豁达

允许花朵穿过，允许雨水打湿

允许我把时间浪费在一个与你有关的夜晚

甘肃省天水市 / 王福全

暗恋就是　把星星拴在身边

一根绳的自由

暗恋就是

把星星拴在身边

你就只有一根绳的自由

吉林大学 / 卢佳叶

你有暗恋的人吗？

你就只有一根绳的自由

过春天

她跑跳着往上

一口气

呼出十七八岁的绿浪

义乌市群星外国语学校 / 寻墨

长大

你的目光随纸飞机上移
看见童年的一朵云
躲进另一朵云里

香港都会大学 / 阿杏

第十八个人

去年的日记写着，

“长大一岁，便像换了个人。”

怎么还抄袭今天的。

东南大学 / 杭煜淇

天文台

我们在太空中散步

彗星上恋爱

陨石上死亡

江苏省南京市 / 张淙原

匆匆

那天下课，桂花落在我的肩头
它说成人世界的风太沉重
脚步不必如此匆匆

中南民族大学 / 玉欣

你有多久没真正笑过了？

考试

试卷徐徐铺开，

草稿纸上正沙场点兵，

我有楼兰要破。

广西民族大学 / 露鸟

仲夏夜之梦

蝉兄，别那么聒噪

你吵走的仲夏

年年，都得把我喊回来

河南大学 / 杨泽青

大地之心

一枚落叶是一句诗

秋天

是大地在写青春的心事

福建省莆田市 / 柯志龙

无悔的青春

风起时，成捆的云落在山尖

轻声说着密语。就像一个人的故事

常常隐藏在另一个人的心上

甘肃省陇南市 / 顾彼曦

蝴蝶

蝴蝶夹在书本里，
收废品的小贩问，
蝴蝶还要吗？

江西省万年县 / 黄崇峰

青春

她伸手，向着柳絮的天空轻握

转过身对我说

“看！我抓住了一朵云！”

南京大学 / 厚厚

学生时代的爱情

爱情是一棵树挨着另一棵树

是一片叶子拉拢另一片

是秋天一声令下，所有树叶都有生死相许的决心

湖南大学 / 罗乔有

热

几场雨过后，暑气才来

岁月已经宣布立秋了

于是我们就在秋天里热着

江苏省扬州市 / 高逸云

最近一次遇到的伤心事是什么?

落

遇上一件伤心事，我的花

就落一朵

现在我是一颗等待秋天的果实

华侨大学 / 魏传帅

那片月

曾经有无数个皎洁的月夜
但你带走的那片月
再也没有来过

江苏省宿迁市 / 张成海

初恋

昨天又见面了，在奶茶店里

点了各自喜欢的奶茶，谈起过去的经历

就好像我从未喜欢过你一样

天津石油职业技术学院 / 水又丰

青春

我们在毫无准备中匆忙上场

在慌乱无措中谢幕

而遗憾总是在未来某一时刻突然来访

广西职业师范学院 / 永安

青春中最遗憾的事情是什么？

囚禁月光

别让我爱上月亮，

我会卖掉一切流浪，

不要嫁妆。

山东省济南市 / 新白

三行外

写青春好难

因为我离它太远

三行以外全是空白

江苏省盐城市 / 陈玥

幻想

我想和你上台唱情歌

曲终吻你的手

听他们起哄

香港特别行政区 / 青晤

心事

少年和纸张诉说心事，

纸张托风伯伯捎来了讯息，

“你看，这也是我的心事。”

河南省许昌市 / 陆柒

青春

落叶的思念打着转，落入我手心

我侧头问你，长大是什么

你说，是水溶于水

河南师范大学 / 宋梓

你还记得曾经要长大的理由吗？

青春

不小心掉落在地上的瓶盖
轻轻巧巧地滚远了
空留下一句“谢谢惠顾”

海南省海口市 / 杨凌

山岚

谁人都知蜀道高不可攀，

可他偏偏，

要成为自己的山岚。

云南农业职业技术学院 / 冯鼎智

夏日失踪

形容四季应该写四行

可在毕业同你告别的那个夏天

季节失踪了，你永远盗走了一行

湖北省襄阳市 / 越子诚

你有没有一句还没说出口的话?

就在当下

在纸上努力回忆过往

楼下，友人正在等我

原来青春，就在当下

河南大学 / 轻风

邂逅

你我在人海中重逢

仅相互望了一眼

世界就多了两块拥抱的石头

山东省济宁市 / 姜光炎

你还记得小学时最好的朋友叫什么名字吗？

蒲公英

如果说，我们注定被各自的命运吹散

那么赶在夏天到来之前

我愿意盗走风

四川音乐学院 / 祝铉

铁轨，

辑二

请交出远方

生活

铁轨，请交出远方
允许我代替父亲成为人质
——背井离乡

广东省河源市 / 王伍平

成年离家后，哪一刻最想家？

青春

父亲卖掉了自己的摩托车

还给我说着许多他曾抵达的远方

他却不知道，多年的风霜已经雕刻了他的脸庞

滇西科技师范学院 / 郎叔桓

父亲

春天赠我十里悲怆

笔尖蘸满父亲

却写不出父亲的模样

河南省商丘市 / 甄红艳

你愿意为右边这首诗画一幅画吗？

博南道上

父亲的羊群将我的校服咬出一些褶皱

我放下瓷碗跑去追赶，转眼

又是万里颠簸，故乡重重

云南师范大学 / 张欢

流星

一颗来自异乡的石头坠落了

人们将它燃尽的刹那

称作流星

衢州学院 / 地雁

我们年轻时

如果可以

我想和年少时的爸爸妈妈见一面

畅想我们未来的日子

忻州师范学院 / 王锟

远行

夏季高考，远行却在秋天
车轨像一排排拉链
我坐在火车上拉开整个世界

山东省临沂市 / 戴溪秋

人生中最重要的一个瞬间？

车轨像一排排拉链，我坐在火车上，拉开整个世界。

父亲的词性

“父亲”总作为一个动词出现，

翻滚的豆浪、飞扬的沙砾、滚动的汗珠，

只有他静下来时才会归于名词。

黑龙江省汤原县 / 吴佳霖

放学

妈，你怎么一说起年轻的时候

脸上就止不住笑

好像刚才在校门口看到我那样

浙江师范大学 / 小白

我们

放下书包，我们就与作物一起成长

后来，你开花城市

月缺的梦，留给了故乡

广东省佛山市 / 陈灿荣

毕业之后，你会回到家乡还是留在大城市？

上岸

绿皮火车咣当叫个不停
故乡成为倒带的一卷底片，我想
终于越过了群山

南阳理工学院 / 曹晗悦

远行

旧根攀上火车

我带着故土移栽异乡

期待枝繁叶茂

河北中医药大学 / 赫洒倾

哪一个时刻，
让你意识到你的父亲已经不再年轻了呢？

青春的成长

青年时，

我经历的大雨落在父亲身上，

父亲的黑发长在我身上。

菏泽学院 / 侯庆崇

成人礼

我把第一笔稿费放在桌上

母亲俯下身泡茶

杯影里，她和它都佝偻着

香港都会大学 / 王炜宁

回家的路

上学这一条路
我越走越远
身后的山一重叠一重

广州大学 / 秋风

爷爷的梦

槐花藏进了八月的夜里
父亲的父亲，长出了新芽
他是岁月留不住的人，是故乡结成的花

辽宁中医药大学 / 孙晨

思念的人，别来无恙。

八月

爷爷的鼻腔仍磨刀霍霍，

熟睡时，

把我头上粒粒饱满的睡意齐根割断。

湖南省长沙市 / 名昊

出山

十八岁那年，

笔在纸上敲敲打打

大山与城市之间便有了我的路。

广西壮族自治区南宁市 / 林彩霞

辑三

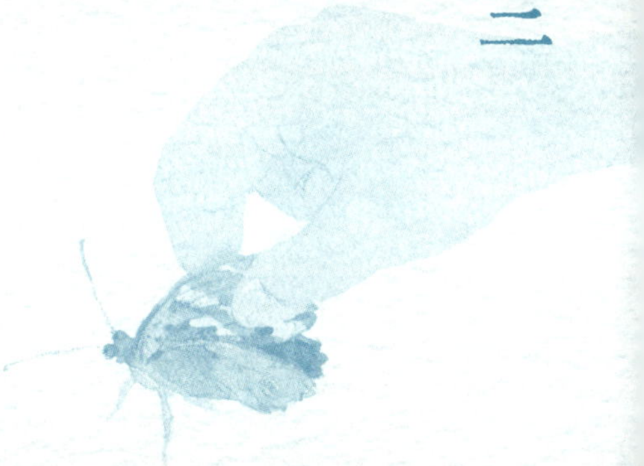

我与世界缺少一副脐带

脐带

把身体蜷缩起来

我与世界

缺少，一副脐带

西藏自治区山南市 / 马克念

你现在孤独吗?

诗的罪

我被判处不许流泪

于是我的双眼

涌出诗和墨水

重庆大学 / 南七

出逃

降序排列的成绩单并非人生绝对，

此时此刻，站在荣誉榜之外的我们，

和他们一同，享有着这个盛大的春天。

河南大学 / 启春

成全

我向唐僧化缘白马一匹

与红楼兑换大观园的门票一张

文学多慷慨，不像你

江西省九江市 / 马也

第三人称

少年又一次站在日暮里

像一条卑微的蚯蚓

太阳是他翻耕的泥

南京师范大学 / 秦道阳

努力

我把努力写满墙，

我怕，

我是我唯一的希望。

湖南农业大学 / 新年快乐

你成为你想成为的人了吗？

碎纸机

终究放弃了在三行内诉说怀念

只好把作废的句子嚼碎

并在心里下雪

东南大学 / 茫士

草籽

我还在深耕、施肥

被鸟儿衔回巢穴的一粒草籽

或许会穿上水晶鞋，长出毛茸茸的春

北京师范大学－香港浸会大学
联合国际学院 / 小昕

所谓花季

倘若人生是三行碑文

所谓青春

一定有人捧着花来过

浙江大学 / 亦晗

关于我

一个人走着走着，体内的孤独
就由琐物变成了漫天大雪
那是我：没有姓名的一支铁骑

贵阳人文科技学院 / 邹弗

而冬弥漫在所有季节

那年夏天我侥幸以为，自己挨过了

一生中最残酷的冬天。后来才明白——

人生的一年四季都会下雪

南京师范大学 / 城南

希望你的世界青山牧马，遍地繁华。

考研

后来，才得知这暗动的春水

是上一个深冬淹没的鱼群

冻住我们理想的脊骨，再次相互翻涌

河北大学 / 宛灵

重来一次，你还愿意选择这条路吗？

冷雨记事

候鸟袭来，冷雨自祖母的关节处落下
我开始解读起阶上的青苔
那是我多年前不慎遗落的一枚淤青

南京传媒学院 / 渡树

青春

那时候最胆怯，

就连晚自习课上的那几秒晚霞，

都觉得是自己偷来的。

重庆三峡学院 / 不詰

两个相爱的人

多开一里，逊色的黄昏船只

彼此抱紧。我们如两个相爱的人

迈过了浩大的自私，从海上的马群

四川省凉山州 / 吉克有古

青春

我亲手划掉了
凭一己之力揽月逐日的勇气
错怪那两个字太矫情

中国传媒大学 / Liam

青春的笔画

青春一共十七画

每一画

都把日月踩在脚下

河南省郸城县 / 朱应召

迷航

在那个木槿花明的路口

她拿到了一张离岸的船票

却以为成了人生的舵手

天津外国语大学 / 白芷

雨季

那时的教室外总下着雨
书本像一块铁，雨声是闹个不停的锤声
铁砧与铁锤之间，我在生锈

中国矿业大学 / 唐蝉

青春里有没有哪一场雨，
让你觉得特别或记忆深刻呢？

流水

流水中镌刻着青春的墓志铭
我是刻字的工匠
凿刻着什么，就失去着什么

重庆师范大学 / 邓勇

一个人的捉迷藏

倒计时结束后，

我摆好最漂亮的姿态，

最后发现无人应邀。

复旦大学 / 矛

青春

那年南风拨动琴弦

我同明月推杯换盏

试图将所有分离都封入酒坛

河南省商丘市 / 三千阙

人间

我看到天边的云游曳成桃花的形状

身前的树涌出一片翠绿的海

人间在我的身体里，催促我永远地活下去

香港中文大学 / 赖贤帅

眼镜

我摘下一直戴着的近视眼镜。

我看世界模模糊糊，

世界看我清清楚楚。

东北林业大学 / 姚传超

梦到远方

我向远山索要远方

世俗的风却把我的呐喊

传诵成痴人说梦的彷徨

衡阳师范学院 / 凌絮

茧

握笔磨出的茧

在一个翠绿的六月

化成蝶

山东省济南市 / 是潞呀

高考的前一天，你应该很难忘吧！

过期面包

经过世界的烘烤

我新鲜出炉

青春是我的保质期

重庆移通学院 / 文思雅

轻盈

那时我不着边际、两手空空

在种满谬误的花园里

我牵起一枚诗

中央财经大学 / 琥珀

青春

试卷如绿意生长

我被困在夏天里的窗

来不及思考宇宙的真相

北京语言大学 / 陈倩茹

成绩不是定义你的唯一标准。

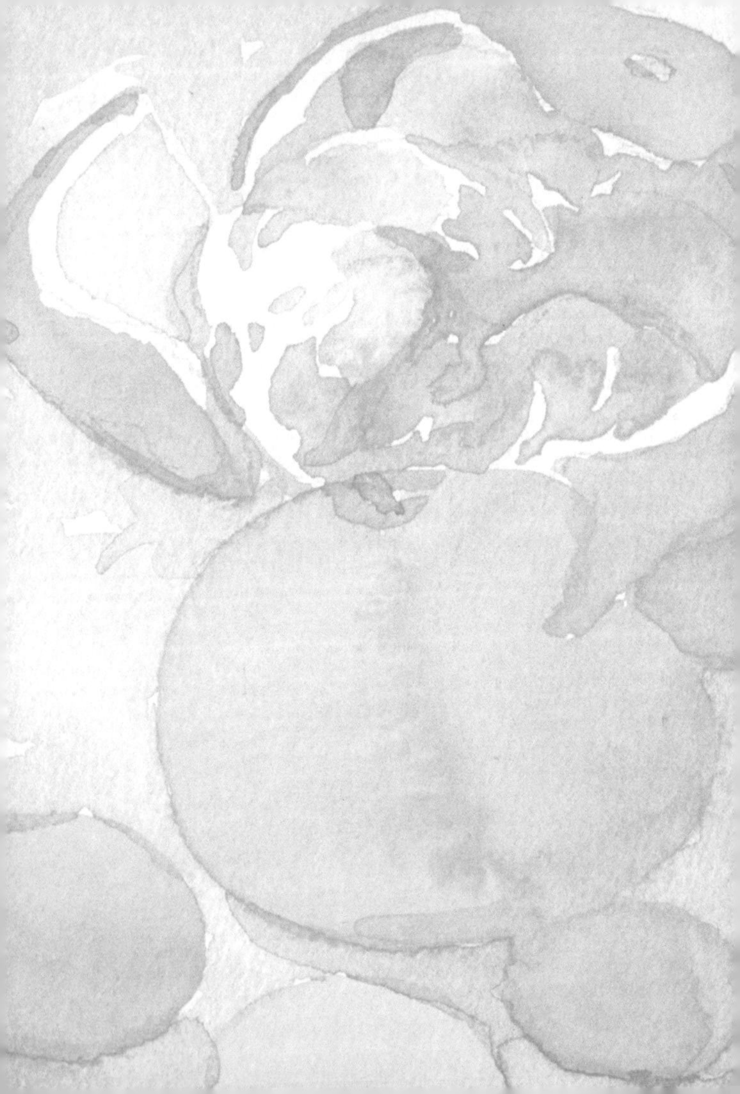

辑四

梦醒了，生活开始了

我愿意

秋招会上，

我对着一份份月薪五千的工作，

说出了比结婚誓词真挚一万倍的“我愿意”。

厦门大学 / 江江

收到人生第一笔工资时是什么心情？

理想

什么是理想？

对着自己做了一台精密的手术，

放进去一颗不属于身体的星星。

天津市 / 安凡

青春

我的一生拴于房子、车子、孩子

但当我的女儿高喊“passion”*的那一刻

我看到了生活被磨灭之前的样子

太原工业学院 / 青年

*意为热忱、热爱。

打开

为了适应生活，我像一扇门
被最大限度地打开
也只是一条缝隙

西南财经大学 / 张云博

不得已的时候，你选择迎合还是自守？

为了成长，你放弃过什么？

赎

八岁我在青草地造了一座房子，
十八岁我把它卖给自由，
二十八岁只剩下石块和泥土。

南昌大学 / 厘米熊

珍贵摆件

生活的过滤器，滤掉了
我多数的真诚和理想
我将残余的，铸成了一枚月亮

江苏省徐州市 / 王赦

希望你能成为你自己。

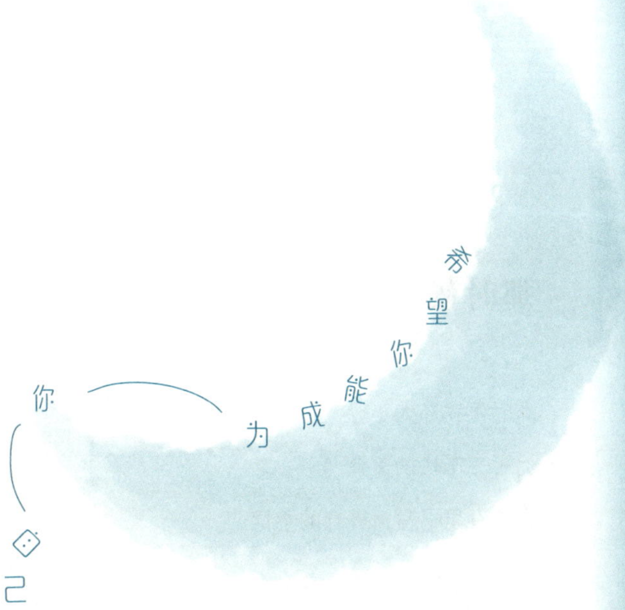

那时候

那时候我还太年轻

为了三千块的奖金

在青春里书写对青春的感情

中山大学 / 陈彦儒

奔

赶在秋招结束以前，
我奔进风裹来的寒冬，
淋了一身落叶的影子。

西北大学 / 杨星星

课间

我倚在栏杆上望月亮

一分钟想前程

九分钟想家

苏州大学应用技术学院 / 李心玥

你对家的挂念，什么时候最浓烈？

仓库管理员

把脊椎一节节种在仓库里
收获了一个月五千的工资
和二十岁的苍老身体

浙江省嘉兴市 / 卢德涛

理想和现实的冲突，
是否也会让你觉得疲惫？

井底之蛙

我在看井底的青蛙，
嘲笑它的见识浅薄，
——羡慕它的未经世事。

厦门演艺职业学院 / 义钰

爱情经济学

人们挤兑春天的玫瑰

于是真情倒闭

浪漫破产

南开大学 / 华勒

毕业后的生活

我们被丢进各种高楼大厦里

青春被封印在了工资条

梦醒了，生活开始了

陕西省西安市 / 木辛

还记得你的梦想吗？

崩溃

下楼，耳机坏了一边。

世界如潮水

从我的左耳涌入。

外交学院 / 游贺

今天

离征文结束还有十八分钟

我还是不知道该写点什么

就像我无所事事的十八年

中央戏剧学院 / 秦可

消费主义

最绝望的时候

甚至想点开淘宝

买一点爱

中国戏曲学院 / 陈晓可

为自己花得最开心的一笔钱是什么？

青春

考研、考公、考编

每个前途晦暗的夜晚

以为丢掉的是整个人生

河北医科大学 / 慎微

你还记得当初为什么选择这条路吗？

他谈起

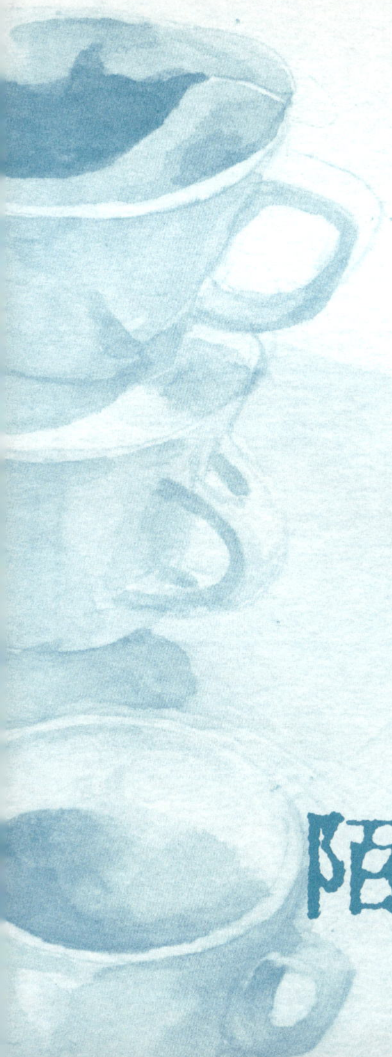

辑五

一个陌生人

青春

褶皱的脸缀满斑纹
偶然提到青春
他谈起一个陌生人

西安电子科技大学 / 毛孩

“00后”的瑜伽课

与更年长的她们相比，我是笨拙的。

髋骨卡住的不只是身体，

还有一个时代。

江苏省常州市 / 汪清浅

你曾说过的那些大话，现在还相信吗？

盛大的话

年少时总喜欢说些盛大的话
比如摘花，就要去最陡峭的山崖
比如爱，就要爱到你满头白发

河南应用技术职业学院 / 舟舟

信

登上长途客车，像把自己放进竹篮

你从夏至，我从霜降

相遇，是一条多么狭窄的笔迹

浙江省台州市 / 禾西西

宽恕

你有没有想过

那些你至今后悔的冲动

可能会是你一生少有的真心

广西大学 / Zack

第一次

所有事情都是第一次和最后一次

就像山顶的一棵树

喜欢上了远方的一朵云

中南民族大学 / 橙欲橘

你的青春里有没有哪件事情，
既是开始，也是结束？

锈

像一支生满锈的铁棒打坏了钟

炼油厂一代人的青春连同昔日的荣耀

掉进了时间的窟窿

同济大学 / 董正阳

青春

教室空无一人，旧风扇

还在转动，将上课的铃声绞入风中

轻盈地打散了

北京师范大学 / 程惠子

青春

青春落满了遗憾
像这两个字
年月日都凑不齐

新疆维吾尔自治区乌鲁木齐市 / 梁军年

重回当年，你最想改变哪件事？

失忆前兆

在一个平和的午后

我允许所有事情带走我

我想再见见你，在过去里

江苏省无锡市 / 务念

你有多久没抱过你的爸爸妈妈了？

秋收后

于是我们也温顺得像茬子一样

只静静站着

让更多风霜经过我们的人生

北京市 / 韩墨言

青春

我也曾把青春晾在衣架上

可那梅雨里的江南

偏偏不爱出太阳

安徽省阜阳市 / 张震

远方

不知道还要多久，才能抵达
远方的我，也不知道有多少
曾经的我，已被遗落在路上

广东省深圳市 / 广炎

为了心中的远方，你改变自己了吗？

影子

我像大人一样背上了影子

才知影子是变幻莫测的沉

把我的青春压向收割时光的刀刃

河北工业大学 / 萧云

镜中人

镜中人出现裂纹

只能涂脂抹粉

掩埋岁月，画着青春

陕西省西安市 / 玩家

京

那时候我们还年轻

那时候我们总说要去北京

北京今天三到八摄氏度，天气晴

南通大学杏林学院 / 窦霓婉

你去过哪些课本里的城市?

芦苇

青春的你，那么美，像一根芦苇

只是我们见风就长

都已白头

甘肃省瓜州县第三中学 / 苏拉木塔格

物候

年少的兵荒马乱

是那封永远的未尽之作

是一树等待季雨的青梅

湖南大学 / 湛存

是枳

我一生都想种出橘子

前半生吃橘子，后半生嗅橘香

可我在北方种着它

西藏自治区那曲市 / 木而山

你有没有体会过事与愿违？

青年时在南方

终于不必关心那些尚未寄出的信

十八岁已成为生命的空址

在南方漂流，雪第一次落上我的额头

云南省保山市 / 谢恩传

青春

推开窗

教学楼下那棵盛开的花树下

走过的是更年轻的脸庞

南京医科大学 / 赵奕澄

风信子

风，从父亲离去那年一直刮

我从不裹紧漏洞的衣衫

生怕错过那一缕你捎来的长途信

北京市 / 李新新

下一站，回家。

青春

从没有人能留住时间的舞步

一个词语缓缓褪色，在泪与笑中

我们忘记了何谓衰老和孤独

对外经济贸易大学 / 安托万

青春

已中年的他在朋友圈里秀出自己做的鼓

十八岁时我们在一次演出上认识

他那时候是鼓手

北京市 / 春树

麦子

每到秋天，麦子都会痛哭一场

落下的眼泪，会在下一个春天

长成新的身体

山西大同大学 / 梁小炳

“小时候真傻，居然盼着自己长大。”

春装

那时套上衣服壮胆

矫饰在身撑不肥斤骨几两

可衣服漂亮

武汉大学 / 文竹

关于青春

雪激荡起老头子的童声，
傍晚，白发比雪更纯，
谁说年老不能堆雪人！

山东省济南市 / 车效伟

眼泪

青春就像眼泪

当我能欣赏她的晶莹时

她已不再属于我

绵阳中学英才学校 / 缪德锐

什么时候意识到青春已离你而去？

孤芳不值

天将飞鸟雕琢成孤独，

为宿命，

落一身清白的灰。

华中师范大学 / 穆彦秋

那时

那时的风一直吹
好像朝阳遇不到余晖
漂亮的诗行不会有结尾

上海大学 / 胡萍萍

青春

那是一间从未锁上的屋子

直到我的钥匙丢在了某天

以后总从记忆那边翻窗而入

南京农业大学 / 唐之逊

如果可以回到过去，你最想回到哪一天？

后记

有个树洞

山东财经大学燕山学院 / 小宛

大多诗人都是“矛盾体”，生活中我们哽咽不能说出的话，往往连贯在笔下。真是万幸，泪水不能浇灌出花，但笔可以，于是我把它写给《青春》。

河南 / 甄红艳

黛绿年华不忍欺，许我点墨绘朝夕。在《青春》见证了诗情画意的“青春”，我们用诗谱写传奇，用诗展望未来，多年以后，我们继续用诗回味青春。

香港都会大学 / 阿杏

借青春回顾青春，记忆在诗句里拼凑完整。

重庆师范大学 / 邓勇

与其说是我在参加“青春三行诗”征稿活动，不如说是“青春三行诗”在带着我重返青春，或者是让我在青春中书写对青春的感受。在这个过程中，我可能又“活”了一次，我可能又会在青春的分行里“迷路”。但那又怎样呢？我相信出口就在不远处，因为“三行诗”刚刚好。

天津外国语大学 / 唐正阳

三行诗是许多新人进入文学的很好的方式。一些优秀的作品打破了厨师的锅、书家的砚，我继续期待那些天然之作。

吉林建筑大学 / 梦沉

偶然参与“青春三行诗”征稿活动，写诗思考的那一瞬间好像给我的青春重写了一场在平行时空的结局。高中时代遗憾的部分一直空缺着，我终于理解所谓艺术中的留白。

江苏师范大学 / 三川

拿到人生的第一笔稿费也是《青春》给的。闻尽好花千万树，愿君记取此一枝。至此，我似乎和文字产生了莫名的羁绊。我自是知晓将来的难测，但所幸还在青春，也幸好还有《青春》。

中山大学 / 拙生

那个喜欢文艺的少年人，经常觉得自己像一条墨鱼——偶尔自足于胸中满溢的墨水，偶尔惶惑于自己对世界的多余。是《青春》的游戏，让兴致落成文字，将个人的故事连接起众生的共情。所以，墨鱼又怎么样呢？在沸腾如火锅般的生命中翻滚后，它也终将会开出自己的花。

南阳理工学院 / 曹晗悦

青春对我而言，不是一个遥远的词汇，因为我正处于世俗眼中的青春年华，但同时，也在慢慢地与它渐行渐远。当看到这个关于青春的题目时，我下意识想到，高考上岸后，我为求学离开故乡的那天，在火车刺耳的噪声中，我越过群山一座座，风像是一把剑劈开了青春的壳，告诉我：你长大了，已不再年少。或许，人无法同时拥有青春和对青春的感受。但这一次，站在青春里回望过去，我真实感受到了青春，也拥抱了青春。诚如那句话所言，没有人永远青春，但有人永远正青春。感谢《青春》，让我有一个契机，重新坐上那趟早已在时空里远去的火车，走过那一段路，越过群山。

山东 / 砂糖橘

如果不是这次活动，不会想到还有
这么多人在写诗。

浙江省宁海县 / 卢丽丽

因为参与了“青春三行诗”比赛，心血来潮翻阅了许多从前写的诗歌，原来我以为再也回不去的青春，竟也触手可及……

黑龙江省大庆市 / 张天航

青春只有一次，却倒映在人生的远方。

武汉理工大学 / 曾骄

从学校毕业了，青春还在吗？《青春》杂志社给了我答案，只要用心生活，青春一直都在。

江苏徐州 / 王赦

所有的青春都生长到了一棵树上，我们在不同的叶子中探寻、发现自己的脉络。

湘潭大学 / 黄代弟

青春以心为节点，不以年龄为
界限。只要心怀热情与希望，
我们就永远走在青春的大道上，
相信一伸手就能摸到太阳。

贵州民族大学 / 莫觞槁

我们将青春揽在一起，聚成一把
炽热的大火，所有成诗的，都是
不可多得的曾经。

安庆师范大学 / 奔流的河

在青春这辆单向行驶的列车上，我们每个人都是痴迷自己窗边风景的乘客，感谢《青春》杂志社举办的三行诗征文活动，让我们有机会在这列车上短暂地放下“隔板”，只因为文学聚在一起，分享自己眼中独一无二且永远无法重现的风景。

中国人民大学 / 见晴

青春像小猫！活泼或慵懒，挠人也可爱！喵喵咪咪地跑过来，喵喵咪咪地吟诗，谢谢《青春》杂志社，喵！

武汉大学 / 弗畔

感谢《青春》给我们一个平台去描写我们各自的青春。每一个“诗人”都会有一本自己珍藏的书，见证了我们与时间、与世界的辩证关系……

义乌市群星外国语学校 / 寻墨 XM

不要闭上年轻的眼，
不要熄灭火焰。
雨下再大又怎样，
我们还有明天。

致 23772 位青春三行诗作者，

因为你们，大家看到了不一样的青春。

最后一页，

祝我们幸福。